물의 숨겨진 맛

최호빈

시인의 말

평범한 것은 사실 무시무시한 것이다.

*

밤을 찢는 빛보다
밤을 녹이는 빛을 닮고 싶었다.
악에 받쳐 살아가는 평범 그 자체인 기적들을
믿고 싶었다.

*

봄만 왜 한 글자냐고 신이 물었다.
어릴 적 던진 질문 하나가 고스란히 내게 돌아왔다.

기어코 나를 찾아내는 붙박이 술래들이, 반가웠다.

2025년 봄
최호빈

물의 숨겨진 맛

차례

2부 가야 할 밤처럼 검은 해바라기가 지천

3부 보풀처럼 일어나는 기분

4부 유일하게 물려받을 집

해설

1부
사건의 밑그림

피서

당구장 문을 열고 경찰이 들어와서
옆집에서 사람이 죽었다며
우리의 머리카락을 뽑아 갔다

돌아가며 공을 치듯
우리는 돌아가며
사건의 밑그림을 그리기 시작했다

죽었다는 그는,
정해진 시간에 늘 밥을 짓고
재즈를 자주 듣지 않았나
고시생 아니었나
일주일에 한 번꼴로 식재료를 배달시키지 않았나

벽 너머의
죽은 자가 살던 집을 들락날락하며
사소한 많은 것들을 집 밖으로 꺼냈다
집주인인 그만을 놔둔 채

우리는 그를 만난 적이 없지만
죽었다는 말을 듣고 나서는
왠지 만난 적이 있는 것 같기도 했는데,
따지고 보면
그는 그냥 그런 사람이었다

옆의 당구대를 정리하던 주인이
우리에게 뭐하는 사람들이냐고 물었다
잦은 삑사리에
게임을 쉽게 끝내지 못하는,
따지고 보면
우리는 그냥 그런 사람이라고 했다

찜찜한 기분에 찜질방에서 며칠 지내다가
사소한 많은 것들을 정리한 후
집에 돌아왔다

밥을 안치고

재즈를 틀고

마트에 식재료를 주문하고

이사

마지막으로 액자를 떼고 둘러보면
그냥 빈집이다
목욕물을 받는 데도 한나절이 걸리고,
한겨울엔 보일러마저 두세 번은 꼭 얼었던,
칠 년을 버텼다고 해야 할 집이지만
이제는 삶의 흔적을 지워 가는,
그냥 빈집일 뿐인데

이 집이 이렇게 빛으로 가득한 집이었던가

내가 살았을 때보다
크고 밝은 집

빈집은 이제 내 집이 아닌데
아무것도 남아 있지 않은 빈집이
내 짐들로 어질러지고 있다

그동안 있었던 일들을 하나씩

전부 털어놓고 있다
걱정하지 않아도 될 것까지 걱정해 주는,
마치 오랜 친구인 것처럼 굴고 있다

이런 집에선 가만히 서 있어도
내 비밀을 모조리 도둑맞을 것 같다

어디로 눈을 돌려도
마구 소리를 질러대며,
집을 독차지하고 있는 빈집은
줄곧 나와 함께 살았는지 모른다

맥이 풀려
빈집의 품에 잠시 안기면

빈집보다 더 조용히
못만 박혀 있는,
모르는 집이 모습을 드러낸다

가로세로높이를 가진 메모

이따금 어디서 잠든지 모르는 당신이
냉장고 문 앞에 발을 붙이면서 일과를 시작한다

싱크대 아래에
세탁기와 건조대 사이에
행운목의 잎 하나하나에 순서대로,
그리고
정오의 그림자에
이미 작아질 대로 작아진 발을 붙인다

집 안을 돌아다니며
가로와 세로와 높이를 가진 발에 관한 지식을 채우
는 당신이,
한참
돌아오지 않는다

좁힐 수 없는
두 발 사이의 거리

당신보다 긴 그림자를 만날 때까지
발만 남겨 둔 채
당신은 어디로 사라지는 걸까

식은 밥과 샐러드를 조금 먹고
오늘도 당신은 발만 내놓고 잔다

당신의 발엔 꿈이 없는 것처럼
이불 밖으로 발을 밀어내며 잔다

집 안에 붙여 둔 발들을 몰래 떼어내려고
당신이 자꾸 투명해지고 있다

스페이스 X

칫솔을 입에 문 채
불길에 휩싸인 우주선을 보고 있었다
반년 전에 폭발한 우주선보다
조금 더 높은 곳에서

밤이 잠시 옅어지고
별이 더 밝아지고
창이 약간 흔들린다

운명을 우주에 맡겨도 될까

누군가의 옆자리이면서
누군가의 앞자리이기도 한
어느 희미한 자리에 앉아서
날아가고 있었다
계속해서 작아지고 있었다

조금 전에 지나친 작은 세계가

벌써 우주보다 큰 세계가 되다니,
의심해 볼 순 있어도
의심하지 않는 게 편하다

어둠을 감싼 마음 하나가
불길에 휩싸인 우주선과 함께
날아가고 있었다

달까지 38만 킬로
구름을 불태우며
내가 가는 거리는
고작 3만 킬로

우주선이 심하게 흔들리는 것 같은데
우주에선 누구를 원망해야 할까

칫솔을 입에 물고
길게 잠들었던 내게

흔들린 것 같은 것이 아니라
진짜 흔들렸다고 말해 준 건
아침이었다
지구의 아침은 늘
불에 휩싸인 것처럼 뜨거우니까

양치하다 헛구역질을 하며
흔적도 없이 다 타 버린 집에
평생 붙어 있어야 할지 모른다고 생각했다

이방인
—이층 버스

횡단보도 앞에 이층 버스가 선다

"아빠 여기선 다 보여"
"아빠 얼른 앉아"
우리가 숨바꼭질하면
너는 너무나도 열심히 숨을 곳을 찾고
나는 그런 널 찾는 척
찾아도 모른 척하곤 했는데
그랬던 네가 버스의 2층 맨 앞자리에서
나를 찾아 손을 흔들고 있구나

"엄마랑 탔을 때 이렇게 머릴 박았어"
굳이 허리 굽혀 창에 머리 박는 걸 보여 줬던,
너는 지독한 잠꾸러기지
잠에 빠지면
아무도 너를 깨울 수 없지
종종 네 울음이 어두운 방을 채울 때도
너는 잠에서만큼은 깨지 않았지

"아빠, 신호등이 너무 커"
자리에서 일어나
발돋움하고
신호등을 만져 보려는 듯
투명한 창에 활짝 펼쳤던 네 손은
그때도 지금도
너무 작은 손

변한 것이 아무것도 없는
조용한 우리의 삶은
어디에서 출발했을까

네가 잠든 사이
이층 버스는 높은 빌딩이 즐비한 곳에 천천히 들어
섰지
그 순간을 기다려 온 이층 버스는
그 순간을 기다려 온 사람들을 태우고

높은 빌딩이 즐비한 곳을 빠르게 벗어났지

신호가 바뀌고 이층 버스가 떠난다
그리고 조그만 노란 유치원 버스가 내 앞에 선다

졸린 얼굴로
창에 머리를 기대고 숨어 있는 너를
마침내
찾는다

이방인
—맥도날드 불고기버거

퇴근 시간이면 어김없이 막히는 길
꼬리에 꼬리를 물며 새로운 꼬리들이 자라는 길
앞서거니 뒤서거니 하던 차끼리 결국 부딪치는 길
때마침 눈은 내리고
길에 갇힌 차들은 계속 늘어나는데

눈에 들어오는 맥도날드
머리에 떠오르는 불고기버거

조문하러 가는 장례식장은 얼마 전에도 갔던 곳
그전에도 몇 번이나 갔던 곳
저세상으로 가는
단 하나의 통로가 거기에 있는 것처럼
내가 아는 사람들이 하나둘 모이는

아, 맥도날드
모든 불행은 멀리 있다는 듯 웃고 있는
맥 도 날 드

불 고 기 버 거

한참 뒤에 나타난 경찰이 정리를 해 봐도
한번 막힌 도로는 쉽게 뚫리지 않고

눈처럼 끝없이 쏟아지는
호루라기 소리
그 사이사이로 반짝이는,

아, 글자 하나하나가
저세상으로 가는
단 하나의 통로인 것처럼 묵묵히 솟아오르는
Mcdonald's

시간이 흐른다
흐르고 흘러
길 위에 시간이 차고 넘친다
흘러넘친다

도로에 쌓이는 차처럼
그치지 않는 눈처럼

시장기에서 오는 쓸쓸함을 느끼며
나는 가만히 있다

앞차가 움직이자
모든 차가 움직인다

쓸쓸함에서 오는 시장기를 느낀다
시장기가 흐른다
흐르고 흘러 차고 넘친다
흘러넘친다

앞차가 움직인다
다시
모든 차가 움직인다

조금은 들뜬 마음으로 대할 수 있는
어떤 불행은, 징글징글하구나

지금 가는 맥도날드는 처음 가는 곳
이 세상으로 돌아오는
많은 통로 중 하나

물수제비

답이 없는 질문을 자신에게 던진 사람처럼
상승과 하강을 반복하며
첫 번째 돌이 꿈 저편으로 건너간다

나는 나의 낮과 밤에 갇혀 있다
희망을 떠올린다는 것이 무겁게 무섭게 느껴지기도
한다
낮에 밤이 깃드는 것처럼
밤에 낮이 깃드는 것처럼
두 번째 돌이 꿈 저편으로 건너간다

흙이 자라는 화분이 늘어 가면서
나만의 정원이 가꾸어지고 있다
나의 정원에 들어서지 못한 숲은 내 발밑에 깔려 있다
발자국은 내가 숲과 나눈 조용한 대화
세 번째 돌이 꿈 저편으로 건너간다

소리 없이

반짝이기만 하는 꿈결
내가 듣지 못하는 소리를 우렁차게 내며
반짝이는 꿈결

꿈 저편에서 돌 하나가 건너온다
너의 꿈에 머물러도 될까라고 묻는 돌 하나
내 꿈에 누가 또 있는 걸까

꿈 저편에서 돌 하나가 또 건너왔다
너의 꿈에 머물러도 될까라고 묻는 돌 하나
정말 내 꿈에 누가 또 있는 걸까

세 번째 돌을 기다리지만 오지 않는다
건너오다가 가라앉은 걸까
아니면 그냥 가져간 걸까
그냥 돌아간 걸까

내가 꿈 저편으로 건너간다

물의 숨겨진 맛

1

그는 내가 만든 샐러드를 좋아합니다
마트에서 사 온 샐러드를
물에 한 번 씻었을 뿐입니다
물을 곁들였다고 할까요

손에 잡히지 않는 물이
손에 얕게 고여 있는 시간입니다

2

폭우가 끝나자마자 폭염이 오면
한 방울의 세계가 완성됩니다

물고기 몇 마리가 높게 날고 있는 오후

투명한 유리컵에 물이 가득하면
빈 컵처럼 보이기 마련입니다

길을 걷던 사람들이 고개를 들어
물을 마십니다

오늘은
나무로 된
입들뿐입니다

3
뜨거운 물을 들이마시고
찬물을 찾는 사람이 있습니다

몸에 불이 붙은 사람처럼
물에 뛰어드는 사람이 있습니다

물은 부드럽게 목을 넘어가지만
높은 곳에서 뛰어내린 사람을
물은
부드럽게 넘기지 않습니다

어떤 물은 매우 단단합니다

4
깨어나고 싶지 않았는데
누가 얼굴에 찬물을 끼얹었습니다
놀라면서 깨어나는 바람에
깨어나고 싶지 않던 이유를 모조리 잊어버렸습니다

멍한 표정으로
저승사자를 따라가고 있습니다

바지가 점점 진흙투성이가 되어 가고 있습니다

쿠키의 반

반이라고 믿어 왔다

너는 여느 날처럼 내 얼굴을 보고
쿠키의 반을 건네고
나는 여느 날과 달리
부스러기를 보고 있다

반에 관대해지면 마음이 열리고
반에 집착하면 마음이 닫히고

손바닥 위에
쿠키의 무거운 반이 놓여 있다

미안하다고 말했다

갓 구운 것 같다고 말했다

호흡공동체

먼 친척뻘 되는 사람을 만나러 갑니다
당신의 뿌리와 나의 뿌리가
아프리카의
깊은 땅속에서 만난다지요

먼 친척뻘 되는 사람을 만나려는 여행자들이
긴 줄을 만듭니다
공항을 한 바퀴 돌고 와도
줄은 그대로입니다
줄이 아프리카의 깊은 땅속에
먼저 도착할 것 같습니다

밤이 되면
비행기는 거꾸로 날아갑니다
새가 달 속에 있는 위를 봐도
달이 구름 속에 있는 아래를 봐도
뜻밖의 별이 있는 광경을 보게 됩니다
10만 년 전에 사라진 별빛과

15만 년 전에 사라진 별빛이 함께 날아갑니다

오래전부터
서로 다른 종끼리
짝짓기를 해 왔던
우리들의 이주가 시작됩니다
10만 년 전으로
15만 년 전으로

서로가 서로를 몰라보는 풍토병에 걸린 것처럼

상상의 동물

개라고 부르는,
이름 없는 개의 이마에 뿔이 났습니다
뿔이 달린 개라니,
의아한 눈초리로 내려다보니
이름 없는 개도 의아한 눈초리로 올려다봅니다

소, 염소, 사슴, 기린이 뿔을 가졌고,
어떤 고래도 뿔을 가지고 있습니다
그러니 뿔을 가진 동물들 사이에
뿔을 가진 개가 있어도 이상할 것 같지 않습니다

유니콘이라 부를까요,
뿔 달린 말뿐만 아니라
뿔 달린 사슴도
뿔 달린 기린도 한때는 유니콘으로 불렸으니까요

뿔이 난 개, 유니콘은 뭐가 다를까요
상상의 동물을 곁에 둔다는 건

나도 영화나 애니메이션의 주인공처럼 된다는 것일
까요

유니콘은 거실에서 뛰놀다가 밥을 먹고,
뿔이 없을 때와 같이
내 발밑에서 잠듭니다

하루는 뿔에 방울을 달아 주기도 했습니다
방울을 울리며 거실에서 뛰놀고
방울을 울리며 밥을 먹고
뿔이 없을 때와 같이
방울과 함께 내 발밑에서 조용히 잠듭니다
상상의 동물다운 하루를 보냅니다

셔츠에 머리를 넣고 있는데,
뭐가 걸린 듯 머리가 빠지지 않고 있습니다
이마에 뾰족한 무언가가 자라고 있습니다

의아한 눈초리로 올려다보는 개를
의아한 눈초리로 내려다보고 있습니다

나 이제, 상상의 동물이 된 것일까요

게 1

다리를 모두 접은 채
파도에 몸을 신고
작은 게 한 마리가 먼바다로 조금씩 나가고 있었다
걷는 것보다 빠른 건가.
생각하며 작은 게를 집었다

죽은 게였다

변한 게 하나도 없었다

기린

일 년 중 섬이 가장 작아지는 밤

심해와 해면을 오가는 생물 같은 섬의 운항이 시작
되어
할머니 머릿속에 잔물결이 일면
미신 같은 연애담이 처음으로 다시 돌아간다

달 띄우러 간다며
바닷길의 어둠에 몸이 완전히 지워질 때까지
도달할 수 없는 바닥을 향해 가다 서다,

깊은 목을 가진 할머니는
해초에 목이 감겨도 놀라지 않고,
누가 입술이 파랗다고 말해 주면
물고기 내장을 많이 먹어서 괜찮다고 하고,
심해의 달은 보이지도 않는데 하면
패류貝類가 잔뜩 들러붙어 있는 달덩이 같은 얼굴을
해면 밖으로 불쑥 들이밀며

달 떴네, 하고 웃고

일 년 중 섬이 홀로 떠난 밤

절벽 위에 앉아 바다에 돌멩일 던지며
기린은 바닥에서 울지 않는다고

창 없는 방에서
할머니가 기억하는 섬은
마치 사람 같고

팝업북

옛이야기에는 권위적인 힘이 있다

한 사람은 핸드폰으로 만두 빚는 법을 검색하고
한 사람은 청소기 필터 청소하는 법을 찾고 있다

쩔쩔매며
한 사람은 야채를 다지고
한 사람은 이제 막 청소기 필터를 분리한 참이다

세상은 분명 둥근 곳이지만
정작 둥근 세상을 본 사람은 몇 안 되고
대부분 세상과 함께 굴러간다

한 사람은 만둣국을 먹으며
조리법대로 했는데 별로네, 라 하고
한 사람은 담배에 불을 붙이며
모든 법이 그렇지 뭐, 라고 한다

조리대를 정리하는 사람의 모습으로
물걸레질을 하는 사람의 모습으로
어느새
눈이 내리기 시작하고

사월의 눈을 보면서
봄이 다 지나갔다고 생각한다

옛이야기 어디쯤으로 데려다 놓은 것 같았다

소리의 집
—비바리움

책상에 흩어져 있는 종이들
여름 햇볕에 떨어지는 몇 방울의 땀
그 외엔 아무것도 적히지 않은
그냥 빈 종이
나는 지금 나의 무료함을 풀지 못하고 있다

종이 테두리를 구기며
나는 몸속에 집을 짓고 있다
소원을 들어준 커다란 거인이 되돌아가야 하는
작은 램프 같은 집을 짓고 있다

크다고도 작다고도 할 수 없고,
그래서 크다고도 작다고도 할 수 있는
소리의 집

내가 종이를 구기면
종이가 나를 구기는 소리가 난다
내가 커피를 마시면

커피가 나를 마시는 소리가 난다
내가 공기를 들이마시면
공기가 나를 내쉬는 소리가 난다

쉼 없이 나를 꿰매고 있는 바늘 같은 소리들
바닥을 다지고
벽을 세우고
지붕을 올리는 일용직 소리들

작은 램프 같은 내 몸속에
커다란 거인 같은 집이 지어지고 있다

내 슬픔을 받아 주는 하얀 시트 한 채
동상 걸린 발로도 찾아오는 죽음 한 채
달빛에 끌려 지구 밖을 떠돌다가
비 오는 날 다시 지구로 되돌아온다는 물고기 한 채

구겨진 종이들이 묻는다

오늘 하루 어떻게 보냈냐고

잘 지내고 있어, 라고 답하며
침묵이 내 이야기를 시작하고 있다

다음은 뭘까

소중한 순간은 한꺼번에 몰려들지
같은 질문을
각기 다른 언어로 물어보는
어머니의 아버지의 어머니의 아버지의
여름처럼
소중한 순간은 쉽게 흘러가지

멀어져서 지루한 것인지
지루해서 멀어지는 것인지
알아보기 힘든 필체로
그것은, 늘, 거기에, 있어

아니, 태풍을 휩쓸고 가는 태풍처럼
그 여름은, 한 번도 열린 적이 없어
누군가 여름이라고 말했을 뿐이지

선생님이 불러 주는 문장을
제대로 받아써도

공책을 내놓을 때마다 들었던
제대로 받아쓰지 않은 느낌

우리는 닮지 않았지만 똑같은 사람입니다
아니, 우리는 똑같은 사람이지만 닮지 않았습니다

사방이 캄캄해질 때까지
춤이나 추자
그러니
지나간 자리를
움직이는 세상을
마른걸레로 말끔히 닦듯이
춤이나 추자

문을 만들자
안에 들어가서 잠글 수 있는
상자의
문을 만들자

수북하게 쌓인 밤이
먼지처럼
날아가는 밤

벨이 울렸다

상자에 들어가
안에서 문을 잠그고
우리는 킥킥거리며 웃었다

다음은 뭘까

2부

가야 할 밤처럼

검은 해바라기가 지천

게 2

잠들기 위해 숫자를 센다
열아홉, 스물
스물아홉 다음도 스물
스물아홉 다음도 다시, 스물
스물에 묶여 있는 입에서
밤이 조금씩 덜컹거려도
끝내 입은 안 닫히고,
내가 포장한 선물의 포장을 헤치듯
혹시나 하는 마음을 풀면
일시에 지난 시간이 검은 모래로 되살아난다

모두가 자기 말만 하는 모래밭에서
나는 옆으로 걷기만 하고,
아무 데도 가고 싶지 않아도
나는 옆으로 걸어야 한다

머리가 하얗게 셀 때까지
입 주변이 하얗게 일어날 때까지

묵시록의 기사騎士

숨죽인 채 별들은 지붕의 결을 따라
귀에 고이도록 검은 젖을 흘리고
각기 다른 궤도로 핏줄기가 점점 얇게 퍼져 가는 눈
꺼풀로
밤이 고백처럼 스며든다

잠들었던 걸까, 거미가 세밀하게 제도製圖를 했는지
시계視界엔 유례없는 안개가 포개어져 있다
방울방울 촛농들이 식어 가며 색의 변천사를 써 내
려갔던 수 세기
중심을 잃은 것에 대해 아름답게 변명하고 싶다
제때 눈물이 나온다면

지붕에 올라 달의 사열을 받을 때
텅 빈 하늘의 배후背後에서 들려오는 생각의 냄새
멀리서 구름을 입에 문,
빨간 맨발의 아이가 춤을 추며 날아든다

무너지는 별들의 기하학적 성채, 공석空席들
나는 언어의 형태로 데생된,
감히 물감이 닿지 않는 기사騎士.

한때 울타리였던 목탄으로
동그라미와 사과 반쪽을 뒤섞으며
거칠게 밤을 지새워도
죽은 씨앗을 골라 줍는 새벽은 온다
내 속에 비친 길마저 아득할 것처럼
하늘에선 여전히 어떠한 결점도 발견되지 않는다

가시가 있는 국수

생선구이를 먹던 할아버지의 목에 가시가 걸렸다. 물을 삼켜도 밥을 삼켜도 가시는 그대로였다. 일단 의사는 핀셋을 할아버지의 목구멍에 넣고 이리저리 집어댔다. 몇 번 컥컥했을 땐 빠졌나 싶었는데, 잠시 뒤 조금 짜증을 담은 목소리로 가시가 그대로 있다고 했다. 이번에 의사는 내시경으로 목구멍을 살폈다. 물을 삼키고 밥을 삼키는 바람에 더 깊숙이 박혀 있던 가시가 결국 할아버지 목에서 빠져나왔다. 가시가 잘 걸리는 목이네요, 라는 의사의 말에 할아버지는 순간 자신이 왠지 특별한 사람이 된 것 같았다. 목에 걸린 가시를 뺐는데 발에 박힌 가시를 뺀 것처럼 걸음이 가벼웠다.

그날 저녁, 할머니는 할아버지를 위해 국수를 삶았다. 지단을 부치고, 당근과 양파를 볶고, 홍고추를 잘게 썰어 국수에 올렸다.

천천히 국수를 섞으며 할아버지가 가시가 잘 걸리는 목구멍에 대해 얘기하자 별일 아니라는 듯 할머니가 중얼거렸다, 내 목구멍에도 잘 걸려요.

왠지 평범한 사람이 된 것 같은 할아버지가 국수를

휘저으며 짜증이 섞인 목소리로 누가 그랬냐고 따졌다.

할머니는 내 인생이 그렇다다라고 소리쳤다.

펄

반짝이는 파도를 오래 보고 있으면
밀려올 것이
밀려올 것 같다
당신이 내게 그랬듯이

갯벌에 아이들이 무리 지어 있다
펄에 빠지는 발 때문에
그냥 누워 있거나
무릎으로 기어다니고 있다

펄에 뒤덮인 아이들이 당신을 향해 반짝인다

구름이 잠시 해를 가리니
아이들이 작아진다
구름이 또 해를 가리니
작아진 아이들이 더 작아진다

작아지는 아이들을 보고 있으면

밀려올 것이
벌써 밀려온 것 같다

바다로 변해 있었던 갯벌이 다시 나타난다
아무도 없는 갯벌에 앉아
반짝이는 파도를 보면
알아볼 수 없는 것이
밀려오고 있다

당신이 내게 그랬듯이
기다리게, 된다

블랙스완

겨울엔 춥고 여름엔 더워서
목은 늘 밑도 끝도 없이 따가운
겨울이고 여름이다

그런 목으로
거울에 입김을 분다
거울이 입김을 빨아들인다

스쳐 지나가는 그림자에게
이리 온, 이라고 낮게 속삭이면
우리가 싹튼다

웃고, 울고, 화내고, 슬퍼해 본다
감정은 수증기 속에 잘 섞이고
내가 없는 동안
우리도 잘 살아간다

여름이 끝나면 겨울이 끝나고

겨울이 끝나면 여름이 끝나고

걸핏하면
몸속 수분이 마르고
나는 갑자기 늙고 조용해진다

거꾸로 봐도 마찬가지

오늘 죽으면 모른 척할 것 같다

거북이

1

열 살 때 나무에서 떨어진 적이 있다
높은 나무가 아니어서
떨어진 곳에 모난 돌이 없어서
머리가 무거워지기 전이어서
죽지는 않았지만

생각해서는 안 될 것을
나무에서 떨어지기 전에는
생각하지 않았지만

내 뒤에 죽음이 있다는 생각이 든 건 그때였던 것 같다

2

죽음이 열 살에 이르렀을 때
나는 열아홉 살

죽음이 열아홉 살에 이르렀을 때

나는 스물일곱 살

죽음이 스물일곱 살에 이르렀을 때
나는 서른여섯 살

죽음이 서른여섯 살에 이르렀을 때
나는 마흔두 살

끝내 나를 잡을 수 없는 것인지도 모른다

3
아름다운 정원이었다
누가 봐도
살아 있는 것들이 절실하게 살아가고 있어서 아름다운
정원이었다
한겨울에도 생기를 이어 갈 것만 같은
아름다운 정원이었다

밀짚모자를 눌러쓰고
한 아름의 꺾은 꽃을 안고
말린 꽃이 더 아름다울 것 같지 않냐고
나보다 늙은 내가
절실하게 말했다

살아가는 모든 것과 죽어 가는 모든 것에 감사하게
되는,
누가 봐도
아름다운 정원이었다

4
자유로를 타고 서울로 돌아오는 길
지나야 할 한강의 대교를 생각한다
가양대교 월드컵대교 성산대교 양화대교
곧 집인데

빙판에 미끄러진 차는

서울을 빠져나가는 차처럼

한 바퀴 반을 돌고 멈춘다

한 대 두 대… 차가 소복이 쌓인다

백미러에 비치는

Seoul Welcomes You

감기

집으니 그대로 부서지는 벌레처럼 죽은 지 오래된 것
들은 피가 아니어도 몸속을 흘렀다
코와 입에 쌓이는 가루들
멀쩡한 눈을 감고 있으면 온몸이 가려웠다
먹은 것이 없어도 여름은 부고를 날리며 자라고 있
었다

별자리를 어지럽히는
얼굴 없는 인간의 별

지난 계절을 담고 있는 눈은 시력을 잃은 후 제 색깔
을 드러냈다 커다란 방을 날마다 잘게 부수고서야 검은
씨들은 눈을 깜박이지 않고서도, 태양이 붉어지도록 오
래 바라볼 수 있었다

무더위와 폭풍우가 서로의 볼살을 잡고 흔드는 동안
젖이 미처 마르지 않은 입술로
창문에 길러 주지 못할 표정들을 뱉었다

깍지 낀 손으로
줄무늬를 골고루 나누어 주었다

시차를 두고
겉과 속이 다르게 비에 젖었다
쓰디쓴 나무뿌리를 먹고 사는 숲
파래진 입술로 신들린 듯 새벽을 떨었다

문 두드리는 소리가
툭 툭 바닥에 떨어지고 있었다

모던 타임스

컨베이어 벨트를 따라 움직이는 택배 상자들
눈으로 좇으며
이런저런 생각을 하지만
결국
그 생각,
내 앞을 지나간 무수한 빈 상자

상자와 상자 사이,
초조하게 만드는
일정한 간격

좁고 구불구불한 세월을 따라
내게 다다른 상자
아무 일도 없다는 듯이
나를 쳐다보는 상자

생각 속에서 나는 언제나
언젠가의 나이지만

생각 밖에서 나는
마지막 상자를 기다린다

상자에 잠겨서도
상자 위에 떠 있어도
그게 전부인 나는
어쩌면
그냥 상자

돌의 기억

창문을 기웃거리는 사람처럼 돌을 본다
돌 속에서 헤엄치고 있는
물고기를 본다
어쩌면 돌은
땅을 딛고 있는 딱딱한 물

물고기는
돌처럼 소란을 피우지 않는다
그러나
헤엄은 계속되고 있다
빛을 피해
조금씩 물고기가 얼굴의 위치를 옮기고 있다
그것은
물고기가 돌 속에서 숨 쉬는 이유

물고기는 돌의 주인
네가 돌에 구멍을 뚫자
한 방울의 물이 새어 나오고

물고기가 빠져나온다

물의 마법이 풀린다

이제 네게 보이는 것은
그저
돌의 그림자에서 헤엄치고 있는 물고기

생각이 어딘가에 잠긴다
어딘가에서 생각이 궁금해진다

그것은
돌을 집어 들었던 네 손에서 비린내가 나는 이유

주소

그에 관한 일이야, 그가 내 연락처를 어떻게 알았는지 메시지를 보내와서 주소를 묻더라고, 이유를 직접 물어보긴 그렇고, 별일이야 있겠냐는 생각에 안부를 묻고는 주소를 적어 보냈어, 그런데 답이 없더라고, 별일이지

그에 관한 일이야, 며칠이 지나도 그가 보냈을 무언가가 오지 않네, 전화를 걸면 받지도 않아

그에 관한 일이야, 벌써 몇 달이 지났어, 오랜만에 연락해 놓고 주소를 물은 이유를 잊어버린 걸까, 나도 그냥 잊어버릴까, 그러고 싶은데 누가 주소를 묻거나 주소를 적을 때면 그가 생각나, 억울해

그에 관한 일이야, 예전에 살던 마을을 가 봤어, 그와 살던 마을, 아무래도 불안해서, 소식이나 좀 들을 수 있을까 해서, 세상이 많이 변했다고 해도 변하지 않는, 변하지도 않고 그대로도 있지 않은, 그냥 무너지는 마을, 그 마을이 그랬어, 아무도 그를 모르더라고, 심지어 나도

그에 관한 일이야, 그의 부모님이 찾아와서 그의 소식을 전해 줬어, 그래, 그가 죽었어, 가족이 모두 잠들었을 때 뇌졸중이 왔다고 하네, 책상 옆에 쓰러진 걸 다음 날 아침에서야 발견했다고, 모니터엔 내 이름과 잘 지내냐는 문장이 적혀 있었고, 장례를 치르고 그냥 잊어버리려고 했는데, 그게 유언이란 생각이 들어 뒤늦게서야 나를 찾기 시작했다고 해,

　그에 관한 일이야, 특별히 말하고 싶은 건 없는데, 글쎄, 뭘 말하면 좋을까

말문

공이 운동장을 넘어간다

중년의 남자가
공과 백미러를 들고
운동장에 들어선다
"이 공 누가 챘니"
멀뚱히 공을 쳐다보던 소년들은 곧
한 소년을 곁눈질했고
멀뚱히 백미러를 쳐다보던 소년이 천천히
고개를 숙인다

중년의 남자가
소년의 보호자와 통화하고
한곳에 모인 소년들에게 돌아온다
"너희들은 커서 뭐가 될래"
소년들의 굳은 표정 위로
뉘엿뉘엿 해가 저물고

"너흰 졌어"
"우린 서툴렀던 거야"
"슬프면 약속을 하자"
불행을 짊어진 손가락을 내민다
'커서 뭐가 될래'
캄캄한 운동장이 대답할 리 없다

아무도 안 온다
어쩌면 그날 소년들이 죽었을 수도

발치

너는 그 시각의 나를 목격했다는 말을 전해 들으며
어떤 인생으로 나를 밀어낸다

한 쌍의 소음 속 스스로에게만 결백해진 후
얼굴에 뒤집어쓰는, 잠시 긴 호흡
내가 끌어안는 불편함이란
이런 모습을 하고 있겠지, 라는 표정을 짓는다

수평이 사는 들판에선 나를 만나지 않겠다

내 몸 안에 들어와 나보다 더 아파 줄,
약 같은 말들
진심에 잘 듣는 속삭임

대량의 슬픈 긍지를 작은 목소리에 공들이는,
대답하면 차분해지는 말
아름다울 정도로 건강한 미문迷文이
각 숨에 붙어 있다

심장에 가까운 손으로
너의 말버릇에 거슬리는 행간을 집으면
머릿속에서 기대했던 다른 꽃들이
내게 손짓을 한다
오라는 건지 가라는 건지 알 수 없는 인사
그런 손짓은 여행처럼 보이게 멀리 두거나
꼭꼭 씹어 본다

배웅이 서툴러 쳐든 팔을 사라지게 만들 때
조바심 쪽으로 부는 바람
입속에는 떠난 이들의 이름으로 가득한데
뽑아야 할 이[齒] 하나를
나는 건전히 키워낼 수 있을까

해바라기

자연엔 사람이 볼 수 없는 의지가 있다
의지의 장인인 자연은
결코 의지만큼은 고갈시키지 않는다

1

한 칸 남았다
어둠이 맞은편 건물을 완전히 잠식하기까지
누군가 거실을 서성인다
얼음에 갇힌 공기 방울처럼
그는 이곳의 시간을 벗어난
아무도 살지 않는 미래
미래를 향해 있는 미래

방으로 얼굴을 돌린다
누군가 손을 뻗어
눈앞이 캄캄해질 지경에 이르도록
얼굴을 고쳐 준다
홀가분하게 잊었지만
나를 잊지 않는 얼굴 한 칸
그곳으로 돌린다

2

흙을 뚫고 나온 뒤
막다른 골목의 햇빛을 향해
노란 꽃잎을 곤두세우는 것만으로
영원한 해바라기일 것 같았지

예전에도 그랬고
지금도 그렇고
내일도
흙에 계속 얼굴을 박고 있는 것처럼
좀처럼 떠오르지 않았지

3

거울에도 내가 있네
팔 길이만 다른 내가 있네

팔 길이만 다른 내가 목을 죄고 있어서
거울 속에선 나체로

거울 밖에선 흑백 풍경으로

눈을 감아도 보이는 것이 없어서
팔의 영역에 고분고분 머물다가 그대로 잠드네
서둘러 잠 깰 필요가 없다네

4
지치고 약해지면 흐느적거리지
물결처럼 씨들이 움직이지
어지럽게 회전하다가 미련 없이 멈추는 춤
해바라기의 바로크적 감정이랄까

노란 해바라기가 지천이다
가야 할 밤처럼
검은 해바라기가 지천이다

한 칸의 없는 해바라기가 된
해바라기 이후의 해바라기들이다

3부

보풀처럼 일어나는 기분

QQQ

사생대회

'까맣게 타 버린 나무만 있는 곳에서 무엇을 그린단
말인가'

　말 못 하는 어린아이들이 화구는 내버려 둔 채 술래
잡기하고 있었다 나무 위에서 그들을 내려다보던 나는
말없이 술래를 눈으로 좇고 있었는데, 얼마 지나지 않아
누가 술래인지 알 수 없어진 아이들은 하나같이 서로가
서로를 피해 행복한 표정을 지으며 달아나고 있었다

　흰 구름 한입 가득 물고
　낮게 엎드려 있는 애벌레들

　얼핏 나무의 뼛조각처럼 보이는

꿈의 숲

기척 없이
머리를 흔들어 잠을 깨우고
꿈으로 돌아가고 있는 손이 있었다
넘나드는 손에 관한 얘기는
태어나기 전에 들어 본 적이 있었다

충분히 나는 깬 것 같은데
손이 보기엔 미흡했던 모양,
기약 없이 흔들기만 했다

평생 잠만 깨다 죽을 것 같아,
잡은 손을
까맣게 타 버린 나무에 매달았다

손이 번식했다

혼자 흔들리는 이파리들을 가진,
이 숲의 마음을 조금은 이해할 수 있었다

팔레트

물감이 없어
밤새 부엌에서 비누를 녹였다

물을 붓고
세상에서 가장 큰 구멍을 가진 단추를 뜯었다
한 올씩 무지개를 풀어내
비눗방울을 날렸다

마치 어떤 부탁을 하듯이
흠뻑
하늘을 물들였다

큰 공기 덩어리가
자신을 흉내 낸
작은 공기 덩어리를 마구 헤집고 나서는

모른 체했다

앞 또는 옆

도톰한 육구(肉球)를 할짝할짝
핥고 있는 고양이들의 앙상한 영혼이 있는 곳

그곳을 어지럽히는 일은
벗겨지지 않는 고양이 옷을 입은 고양이들의
고양이를 위한 투쟁
밤마다 좁은 창 같은 눈을 일제히 열어젖히면

고양이는 빛났다

그러나
고양이는 죽고 싶었다
그곳에 있는 동안 한 번도 태어나 본 적이 없기에

선택했다
망설임 없이 비누 거품을 삼키고
하늘 밖으로
우왕좌왕 날아올랐다

일곱 빛깔 고양이 방울,
그
시작도 끝도 없는
이야기 거품으로 가득 찬
조그만 육구肉球들

그러나
그들은 곧 자신들이 실패한 걸 알았다
유리알처럼 딱딱해지고 있었기 때문이다

나무 위에서 그들을 올려다보고 있던 나는
　딱딱하게 굳어 떨어지는 방울들을 도화지에 옮기고
있었는데

한 마리씩 옮길 때마다 소리가 났다

별거 없네, 별거 없어

 ♭

빨간 고양이 '도'
주황 고양이 '레'
                    노란 고양이 '미'
                       …

이런 식의 일곱 빛깔 고양이 모두 빼곡하게 뒹굴고 있
는 도화지

끝없이 자라는 나무를 타는 고양이들의 몸부림, 이
라고
뒷면에 적고 있을 때

누가 퓨즈를 끊었을까

도화지엔 온통 검은 음표뿐

마린 스노우

군청빛 세계에 눈이 내린다

지하철 문 옆에서 우리는
눈 속에 그려지기도
눈으로 지워지기도 한다
반복적으로 눈은
계속 내릴 것 같았으나 잠깐씩 역마다 그치고
사람들은 익숙하게 떠오르거나 가라앉는다

우리의 게임은 다의적이지 않았다
오늘은 당신의 차례
나를 무덤덤하게 더하거나
나를 무덤덤하게 빼거나
혹은
당신만을 열정적으로
부를 수 있었다

당신은 지금 나의 엄지손가락을 바라보고 있다

눈 속으로 당신의 열 손가락이 내린다
잊어 줄래 새하얗게
게임은 즐기기만 해
당신을 무덤덤하게 더하거나
당신을 무덤덤하게 빼거나
혹은 나만을
허무하게 부를 순 없다

수면 위로 사람들의 입김과 당신이 흩어진다
당신을 생각했던 자리에 눈이 쌓인다
그렇게 하지 않으면 안 됐을 것처럼, 제로.

호문쿨루스의 겨울

1
떨어지지 않는 얼음과 얼음

얼굴을 감추며
물속으로 가라앉는 입맞춤

해변에서 따로따로 발견되는 심장

안개를 피워내는
인간과 나의 축축한 관계

2
두 번째 인간이 첫 번째 인간의 등을 대고 눕는다

두꺼운 옷을 걸친 잠과 함께
첫 번째 인간이 두 번째 인간을 떠난다

눈 뜬 채 금지된 꿈을 꾸었다

3

눈가리개를 하고 바라보는 게 아니라
실명했다고 믿는다

각 계절을 견뎌내는 플라스틱 육체

멍청해 보이는 웃음을 끌어 올리며
감정에 먼지를 견고하게 쌓고 있는 두 번째 인간

뱃속에 누워 본 적이 없어서
얼어 있는 누군가와 함께 얼어 준다

꽃을 든 남자들

밤하늘을 바라보는 눈동자 속에서 별들이 머뭇거린다

자살로 추정되는 자는 매장하지 않는다 죽음이 정당하다면 손바닥 위로 꽃이 필 것이다 꽃을 쥔 손은 곧 사라지는 씨앗 열매가 열리기 전 어둠이 차올라야 하므로 따뜻한 볕을 조심해야 한다

걸음걸음마다 밟히는
규칙의 구덩이, 룰렛

큰 전쟁이 벌어졌다 오른팔이 왼팔의 영토를 침범했다 왼팔의 남자들은 신에게 한쪽 눈을 바치고 짐승의 두 눈을 받았다 자신이 돌아올 흙더미 앞에 이정표를 세우고 성문을 나설 때 마을 사람들이 던져 준 꽃을 집어 들고 남자들이 비장한 표정으로 오른팔이 있어야 할 자리에 꽃을 찔러 넣었다 푸른 팔의 부대, 붉은 팔의 부대, 하얀 팔의 부대

희망과 절망 모두를 꽃에 걸어 둔 남자들
안개와 침묵이 파헤친,
무서운 꿈으로 대지가 점차 화려해진다

　　감히 누가 내 꽃을 받을 것인가

　목숨을 걸고 꽃을 적의 목에 꽂고 꽂는다 푸르고 붉
고 하얀 팔들의 향연, 꽃들이 만발하는 전장

　꽃이 져야 끝나는, 단 한 계절

　꽃을 잃은 자들이 땅으로 스미는 별의 반짝임 속
　감히 누가 내 꽃을 받을 것인가

　밤하늘을 바라보는 눈동자가 별들을 쏘아 올린다
　눈에서 꽃물이 솟는다

착란

다음 해의 초록을 선택하려는 나무들이 껍질 속으로
떠난다
손끝에서 심장까지 검은,
햇살을 닮기 위해 저녁은 새의 단편을 따로 떼어 단
단한 가지에 물들인다

어제의 길 위에서 다시 날개를 접는 새처럼
나는 그림자를 따라 그리며 저녁을 뒤진다
외로운 곳에선 그림자도 한 사람
눈을 감았다 뜨며 깜박하는 소리를 들으면
속이 궁금한 항아리처럼 천천히 볼록해지는 날들
바람이 불면 목소리를 잃어버린 영혼들이 인간이라
는 창문을 긁고 지나갔다

검은 하늘의 내부에
숨을 남겨 둔 물방울
비가 내릴 때마다 벌레 우는 소리가 내 이마에 감긴다
떠도는 집들이 담벼락에 난 자국을 따라 모이는,

별보다 밤이 빛나는 밤
외벽의 이끼는 다른 어둠에 귀를 기울였다

발을 내디뎌 발자국을 구기듯 별들은
죽은 이의 가장 아름다운 꼬리를 닮아 가고
떨어진 자리에 얼어붙은 낙엽은
어디로 갈지 아는 듯한 표정을 붙잡고 있다
불평 없이 걸음을 멈춘 구름과
골목에서 사는 동물은 그림자로 눈에 띄는 법을 알
고 있다
먼 발소리에 일제히 움직인다
문득 고개를 돌렸을 때 마주하는 유리창의 이상한
침묵같이
숨을 멈추고 지나가는 길
손을 붙잡아도 나눌 수 없는 지문처럼
나는 홀로 주위를 맴도는 사람
흔한 얼굴들을 감추는 밤이 조용히 위태로워진다

틈

나는 덜 웃고 덜 난처해하는 나를 지탱하지 못한다

한 무리의 구름이 내 몸을 닮아 간다
걱정하는 목소리마저 좋을 필요가 있을까

얼굴 전체로 저녁이 퍼지고
보풀처럼 일어나는 기분들로 소란하다

발보다 큰 신발과
내가 시작하고 내가 끝내려는 경향이
교대로 나를 두렵게 만든다
잠시라도 눈을 떼면
그림자는 잘못된 길을 쓸고 있었다

비에 얼굴을 씻을 때마다
저절로 손에 박히는 생각들
손바닥만 한 감수성에 매달려
얼굴을 감싸고

검은 눈이 내리는 곳에 대해
아무것도 빛나지 않는 곳에 대해
말없이 거짓을 말하는 자

제 그림자마저 삼키는 밤
이목을 믿지 않는 병
자신을 보호하기 위해
서로 딴 곳을 쳐다보며 웃는, 적敵들

갈수록 나는 화를 낼 수 없어서
내게 뭐 하냐고 묻지도
그런 병을 낫게 하려고도 애쓰지 않지만
가끔 나는 나를 따라 해 본다

휘파람이 부르는

신선한 공기를 들이마시며
의자에 앉아 있을 때
매미의 커다란 울음이 우리의 머리 위로 떨어졌다
친구가 없어서 우는 거야,
그는 그렇게 지어냈지만
이미 우리는
조금 더 작아져 있는 꿈 쪽으로
서로 얼굴을 돌리고 있었다
그래도 그때는
매미의 울음을 들이마시며
입가를 떠나지 않는
그 말을
반복하고 있었다

꿈을 앞지른 그가 이제
깊은 잠에 빠지려 한다
그때그때 흔적을 지우며
조금씩 새고 있는 가스처럼

쉰 소리를 내기도 하고
혼잣말을 중얼거리기도 하다가
내킬 때만
우리의 손끝을 간질이던 시간을
품으려 한다

단 하루 만에
매미 울음을 소리 없이 쌓으려 한다

안테나

마지막 한 그루를
숲이라 부르고 벌목꾼이 떠났다

예년만큼 비가 오고
하늘이 빛날 때
수액이 채 마르지 않은 밑동을 딛고 있는
까마귀가 있었다

숲의 뿌리 깊숙이 박힌 빛이
까마귀의 젖은 눈에서 되살아난다

불모의 숲에서 사람이 태어난다

잘린 나무의 수 이상으로
닮은꼴의 집들이 지어졌고 도시가 생겨난다

도시의 지붕은
하나같이 뾰족해서

누구도 그 뾰족함을 잘라낼 수도
손으로 만질 수도 없다

예년보다 많은 눈이 내린다

도시가 하얗게
거대한 하나의 집이 되었을 때
사람들은 뾰족한 기도를 한다

모든 기도를 요약한 하늘은 어둡다

그렇게
사람들은 모든 걸 기도에 맡기고
눈은 기도에서 벗어나려 최선을 다하지만

어디에도 숲은 되살아나지 않는다

퀘스트

세상이란 피를 전부 빨아먹은 듯 붉은 저녁 지금까지
마신 피와 다른 그 무엇, 무언가 빠진 것 같은 식탁처럼
소화되지 않는 기분 관 속에 누워 오래전부터 함께 살
고 있지 않은 나의 외진 곳을 생각했다

목숨을 부지하고 식욕을 유지하려는 인간이 인간인
곳 모인 인간들 틈에서 불어오는 바람에 나는 배가 고
프다 어느덧 잠을 깬 어둠이 입맛을 다시는, 나도 모르
게 끌려간 이야기 바닥에 누워 있는 인간의 문 앞에는
짐승이 파헤치지 못하도록 저주의 비석이 세워져 있지
만 문을 잠그고 있지 않던 그녀와의 일이 나를 너무 지
치게 했다

……… 가시들 ……… ……… 가지치기… …

당신의 이는 날카로우니 부드러운 이야기를 해 줘요
한때라도 자신을 위한 피를 가져 본 적이 있나요?

오래전 나는 나의 빈 껍데기에 이르기 위해 피를 다 흘려버렸지 돌이켜보면 나는 늘 내가 간절하다고 생각했어 나의 피는 죽은 얼굴을 환하게 드러내는 투명한 천을 덮은 채 흘러가고 있었지 이제는 기억이 나지 않아, 생애 가장 달콤했던 내 피의 맛이

내 몸엔 나를 엄마라고 부르는 아버지와 사팔뜨기였던 어머니, 여드름을 터트린 자리에 꽃씨를 심는 여동생의 피가 흘러요 아직 내 피 같은 삶을 가져 본 적이 없어요 피는 무슨 색이죠 검푸른색 인가요 새빨간 색인가요 오늘은 누런빛이 감도는 피고름이 나올 것 같아요 내 몸은 이상하게도 나를 위한 피를 만들어내지 않아요

그들은 허름한 옷을 입고 운명적 결함을 노래하고 그 위에서 춤을 추고 아무 데서 태어나 아무 데서 죽어요 그들은 어디에도 소속되지 않은 집시들이에요 그들은 피로서 전해지는 혈관의 정확한 지도를 가지고 평생을 떠돌며, 우리가 알고 있는, 도둑질이나 구걸 대신 베풂으로 인간을 살찌우죠 우리는 집시의 시간을 흘러 다

닐 뿐이죠 그런데 손목을 그어도 피가 나지 않는 당신
의 시간은 뭐죠 그동안 빨아들인 피는 어디 갔나요
살기 위한 섭취가 아니었군요

지금 내게 남아 있는 간절함이란 단지 피를 마시는 것
한꺼번에 한 인간의 피를 다 마실 순 없소
두 개의 송곳니가 뚫은 좁은 구멍에서는 조금씩의 시
간밖에 흘러나오지 못하오 당신들의 시간을 필요한 만
큼 얻으려면 많은 시간이 걸린다오
그 시간에 나는 가끔 나의 진실을 흐리며 후회하기도
하지, 직접 보여 주려 해도 다른 이들의 눈엔 보이지 않
는 그런 후회를
나는 그들을 수혈자라 부르오
피를 나누며
피와 함께 잊고 싶은, 친숙함에서 벗어난 그의 기억이
잘게 부서져 내게 건네지면 나는 따뜻하게 밤을 같이
지새워 주지
하지만 밤뿐이오

지금의 나에겐 몸뿐만이 아니라 영혼에도 햇볕이 들지 않으니까

햇볕은 피를 가진 자만을 따라다니지

나의 마지막 피를 흘려보내고 태양 아래 섰을 때

나의 그림자가 사라졌다는 것을, 마지막 피가 그림자였다는 것을 깨달았지

인간은 그림자에 많은 것을 맡겨 두지, 최후의 외로움까지

그 후 나는 다른 삶으로 넘어가 본 적이 없어 영혼은 다른 삶, 되돌아올 길이 없는 삶으로 넘어갈 수 있는 통행권 같은 것이지

나는 죽지도 않지만 살지도 않으면서 시간의 문턱만을 영원히 그리고 몰래 빠져나가는 중이오 인간은 내게 피를 준다지만 내 목, 내 가슴에서 인간의 피는 미련이라는 물일 뿐이오

그렇다면 나를 빨아들이세요
남들보다 두껍고 날카로운 당신의 긴 침묵으로

처음엔 오른쪽 목을 그리고 필요하다면 왼쪽 목도,
내게선 서로 다른 피가 나올 거예요 두 번 나를 무세요

당신의 말로 강제로 내 입을 벌리게 만들지 마오
언젠가 피를 머금은 구름이 경적을 울려 잠 깨웠을
때부터 나는 누구의 목에도 입을 대지 않았소

깨문 혀에서 나오는 피로 삶을 연장시키지도,
같은 피를 두 번 마시지도 마세요

내게 구토는 각혈이오

적당한 키에 맞춰 나무를 자르지 말아요
비틀거리고 있는 당신은 어디 있는 거죠?

당신은 무릎을 굽히고 허리를 굽히고 그다음엔 기어
서라도 언젠가는 도달할 곳을 찾아가겠지
한쪽 팔로 기어갈 만큼의 피도 남겨 두지 마세요 자

루 속의 쥐는 자루에 충실할 뿐이에요

당신의 머리가 몸의 즐거움을 억제하고 있군요 어릴
적 당신은 나의 모든 피를 가져가지 않았죠 당신의 머리는
잔인해요 나로 하여금 다시 아침을 맞게 하니까
우선 당신은 고개를 끄덕일 힘조차 없도록 당신의 머
리를 먹어 치우세요 그래야 당신이 나를 죽일 수 있어요
자신을 잊으세요

얼려 둔 피를 다시 데울 순 없소
당신이 바라는 대로 참혹하게 범행을 저지르기에는
남은 시간이 너무 짧아
오늘은 나의 이가 충분히 서 있지 않으니 당신의 살
속으로 찔러 넣을 수가 없군
나는 목전의 낮을 잃었지만
당신에게도 나에게도 밤은 다시 내려

………아무도 흔들지 않는 밤에…… 어쩌면 더는…

블랙박스

1

비질하고 보니 빨간 돌 부스러기들이 꽤 많다
누가 가져온 걸까
어디서 묻어 온 걸까
보이지 않던 부스러기가 자라고 자라서 네모반듯한
돌이 되고
돌은 계속 쌓여 이리저리 골목을 만드는데

담배 연기 찌든 방에 앉아 우리는
각자 형편에 맞는 불행에 대해 지껄이며
언제쯤 골목을 벗어날지 생각한다

헐값의 얼굴들로 범벅이 된 창 하나
부스러기에 뚫을 때까지

2

비를 맞고 서 있다
네 개의 바퀴가 여행 가방에 달려 있다

제자리를 걷는 사람과 서 있는 사람을
신호등처럼 분명하게
밤새
구별할 수 있을까

배수구로 흘러 들어가는 물살에 거품이 일어난다

온몸 마디마다 까만 연골이 끼워져 있는 길을
횡단보도라고 부를 수 있을까

길을 건너다
녹아버리진 않을까, 소금처럼

3
적조, 골목을 어루만지고 남겨 둔
죽은 물고기들의 비행운

스펀지

그 방은 내 몸에 맞는
울퉁불퉁한 벽을 만든다

1

병에 갇혀
이마에 초를 세운 식구들이 잠자고 있다
숨이 마르고 베개가 젖는 동안
저마다의 문에 매달려
침착하게 촛불을 키우고 묵묵히 방에 업혀 가고 있다

2

뒤늦게
죽은 자의 편지가 도착한다
어디에도 없는 사람,
오랜 실종으로 서류상 호흡이 멈춘 그가
반쯤 무너진 집을 움직인다

3

분주히 눈이 내린다

미끄러지듯

차가 달리는
새가 나는
사람이 걷는

창에 달라붙어 있는 하늘

4

푸른 행간으로 날아드는 무당벌레
작은 흙발로 더럽히는 새벽과의 성급한 화해

밤새 그네를 타는
잠이 없는 아이들의 수상한 믿음

5

밖에서 기다리던 사람이 여러 번 고함을 지르자
안에서 기다리던 사람도 여러 번 고함을 지른다

그래도 스펀지 속은 고요하기만 하다

4부
유일하게 물려받을 집

녹색 손

1
공책을 펼치자 풀벌레가 뛰쳐나온다
선생은 풀벌레를 뒤집어쓴 채 책상 사이를 돌아다
닌다
아이들은 풀벌레 소리로 비행기를 접고
창밖으로 날린다
조용한 교실이 찾아온다
선생과 아이들이 창밖에 서 있었다
손자국으로 엉망이 되어 버린 교실을 보며

2
그들의 빈자리는 꽃을 심기에 좋았다

꽃은 아이들의 스트레스를 해소해 줍니다
반마다 꽃 같은 아이가 하나쯤 있는 건 괜찮아요
화단을 둘러보던 교장은
꽃을 꺾은 자리에서 배어 나오고 있는 것이 옳은 결
정이라고 믿었다

3

아이가 갑자기 커 버리거나 갑자기 떠나거나 갑자기
돌아오거나 갑자기 공기를 들이마시는 일이 있습니다
그건 선생에게 일어나선 안 될 일입니다

4

보이지 않는 별이 지구를 스치며 하늘에 하얀 선을
남긴다
담장 주변의 발자국을 세고 있던 교장이
죽어도 움직이는 지렁이를 밟고 놀라 자빠진다

5

방과 후
강아지 인형이 매달려 있는 가방을 메고 교문을 벗어
나는 친구들
지구를 돌리는 일에 게으른 친구들이 있다
책상 위에 의자를 올리고 대걸레를 지구에 문대는 친

구들도 있다

교무실 앞 화단에 서서

교장의 꽃을 밟고 있는 풀벌레 친구들도 있다

나사의 홈

젖은 머리를 털다 말고
나는 지금 거실에 굴러다니는 나사를 쳐다보고 있어
크기가 다른
나사 두 개가 다정하게 있어

종종 나사 한 개는 남기도 하고
작은 나사 하나 없이도
세상은 그럭저럭 잘 돌아가지만

나사 두 개가 느닷없이 나타나면
싱크홀도 아니고
폭탄도 아닌데
아찔해

발을 찔려도 압정처럼 박히지 않겠지만
자꾸 눈에 밟혀
나사는 압도적이야
이 집을 죄면서

날 꼼짝 못 하게 해

나사가 두 개나 빠진 세상이
멀쩡하다니

태양이 지구에게
지구가 달에게 소리치는 것처럼
나사가 점점
커지고 있어

나사는 알고
나는 모르는 게 있었나 봐

이상해,
나사 두 개가 서로를 조이고 조이며
이 집을 완성하고 있어
나사의 우주가 머리를 말리고 있어

웨스트월드

자세히 들어 보면
말보다 격렬하게 날아오는,
쉼표

누군가의 입이 뻐끔거린다면
일부러 그는 당신의 귀가 아프도록
날카로운 쉼표를 내뱉고 있는 것

혈관에 바로 섞이는 주사기의 공기보다
쉼표는 치명적이다
쉼표는
호흡 곤란을 유발하고
심장을 덮친다

못 들은 척
못 들은 척
후유증처럼 온몸으로 견뎌야 하는
쉼표를 흘려보낸다

쉼표는 수많은 남녀를 죽음으로 내몬 적이 있다

사랑의 자물쇠를 매달고 있는
강 위의 다리들
쉼표를 버티지 못해
다리에서 쓰러진 사람들

죽은 사람과
죽어 가는 사람과
죽은 사람과 닮은 사람
그리고
아직 태어나지 않은 사람을 향해 격렬하게 날아가는
쉼표들

그늘들의 초상肖像

외팔이 악사가 기타를 연주하는 하얀 레코드판 위로 한 아이가 돌면 걸음마다 붉은 장미가 피어난다 오선지에 적힌 외팔이의 과거를 한 페이지씩 뒤로 넘기면 검게 변해 버리는 장미, 같은 자리를 다시 지날 때 멈추는 음악, 검은 장미의 정원 줄이 끊어진 듯 문은 닫히고 검은 레코드판 위로 한 줌의 꿈을 꾸었다고 고백하는 잿빛 음악이 무책임한 허공을 읽는다

*

안전선 밖으로 물러나 주십시오,
안내 방송이 끝나기 전 먼저 도착한 바람에 몸이 흔들린다

*

태어나자마자 걸친 인간의 가죽이 낯설어서 울면, 목에서 흘러나오는 짐승의 잠음을 따라 다른 영아들도 울었다 우는 자에게 위안은 더 우는 자를 보는 것 전생과 후생 사이를 감지하는 나의 두개골은 밀봉되기를 거부

했고 뒤늦게 나타난 간호사가 기껏 흘린 피를 지워 주었
다 차지해야 할 자리를 잡지 못한 오감의 무중력 속 나
는 갈라진 틈의 눈으로 울다가 낯선 요람에서 잠을 깨
기도 했다

*

울음마저 피곤하게 느낄 때 내게 열리는 것
보일 듯 말 듯 소중해지는,
잘 보이지 않는 것들이 움직인다

기묘하게 균형을 유지하려는,
책상과 옷장과 침대가 말없이 싸운다

젖은 옷을 입은 채 나를 말리기 위해
회의적인 귀를 바닥에 대면
잠든 나에게 속삭이는 누가 있다
집으로 돌아가진 못한 소식들이
무언가에 부딪혀 움푹해진 순간으로 흘러든다

예전의 마른 상태로 돌아가는 소매
팔보다 긴 그림자를 흔드는 소매

나조차 없는 느낌의 눈 속엔 아무도 없는데
속삭임이 멈추지 않는다
지금 내 귓속엔 하루를 순환하는 입이 살고 있다

전교轉交

1

맑은 하늘 아래
죽은 자의 옷을 훔친 나무들이
어린잎에 검붉은색을 갈아입힌다
잠에 깊게 빠져든 아이들이 빛에 씻기지 않도록
무거운 잎들이 바닥까지 가지를 구부린다

복화複花로 빚은 술로 묵묵히
목을 축이는 연약한 습속

해가 갈수록
머리를 풀어 헤친 당산堂山의 여름이
죽은 이들을 닮고 있다

2

비라는 중심이 축 늘어진다

서로를 만난 적 없다는 듯

한 손은 주먹을 쥐고
한 손은 편 채로
잔바람에 볼을 떨다가도
속삭이듯 서로를 물어뜯고,
결국 하나로 엉켜
우산 밖을 향해 구른다

어둠에 갇힌 물의 집

장화와 속옷을 벗고
비로 내리기를 기다린다

3
말을 더듬는 동생에게

얇은 막을 왼뺨과 오른뺨 사이에 펼쳐 두고
우리는 말동무가 될 수 없다
너는 나의 말을 듣고 있는 듯하지만

막 가까이 귀를 대고서도
너는 아무것도 듣지 못한다

짤막한 내 이름이 새겨진
어머니 배의 튼살을 베껴라

살아 있는 살은 그것뿐이다

투석기投石紀의 성

지원군이 올 때까지
낡은 갑옷을 걸치고 있는 이끼들

예전으로 돌아가서
예전처럼 살게 되는,
노을로 끓인 수프를 마시는
저녁의 긴 공동체

한편에선 죽으라는
한편에선 피하라는,
그렇게 병사들은 공중에 낱낱의 정의情意를 걸어 둔다
아침에 와서 저녁에 돌아가는
붉은 적군이 다시 올 때까지

숲과 뒤섞인 나무들
머리가 하얗게 센 약속들의 밀림密林

각기 다른 모양의 묘지

일군의 사람들이 몸을 파는 곳

높은 곳에 있기를 좋아하는 사람과
돌아가며 지구를 비추는 낮과 밤에 시선을 파는 사람

검은 깃털이 우글거리는 날개를 접고 있는
검은 깃털을 가리기 위해 입었던 갑옷을 벗어
상처투성이의 성을 짓고 있는
사람들이 있었다

지원군이 올 때까지

곱슬머리

몇 겹의 밤을 끌고 가는
사람 모양의 미로

손을 펼치면
기다리기나 한 것처럼 움직이기 시작하는 한 사람

손가락 마디에서 마디로
줄기차게 비가 가로지를 때
나는 손 밖에서 소곤거리며
깨진 물병 같은 차림을 한 채 미로 안으로 몸을 가
눈다

한 사람과 한 사람 사이
헛기침이 오가고
후렴처럼 생각이 멎을 때
눈이 눈을 고정한다는 것을
누구도 알아차리지 않는다

검은 발들의 미로로부터 새벽이 오고
그림자가 더듬거리며 깨어나
발밑을 침묵으로 버틴다

곱슬머리, 가지를 자르니
새벽 밖으로 새들의 목이 떨어진다
두 발을 잡아 두고 있는 구겨진
셀로판지들, 소란한 낙엽

바닥에서 자라는 나의 곱슬머리

숨은 숲

모두의 목에 핀이 꽂혀 잠자리에 고정된 듯
숨을 제대로 쉴 수 없는,
필요 이상으로 안녕한 숲

적막을 한 방울씩 뒤흔드는 나무
주홍의 빛을 받아 삼키는 밤

겨울에 지은 죄를
숲은 언제까지 침묵으로 나눠 갚아 가야 하는지,
물어보려는 건 아닌데, 자꾸 입김이 나온다

흑발의 구름이 숲을 덮는다

맥을 짚으려고 서로의 등을 맞대고 있는,
살을 갖고 태어난 귀신과
뼈를 갖고 태어난 유령 사이로
세상을 등지려는 개 한 마리가 한발 앞서 조용히
눈먼 자를 끌고 간다

단번에
새벽이 숲의 모든 머리칼을 들어 올린다

공기 커튼

1

누군가 나를 불렀을 때
나는 거울을 보고 있었다
그가 먼저 자리에서 일어나 방을 나갔다
나는 그를 기다리며
텅 빈 거울을 계속 바라보고 있었다
한참이 지나서야
그는 내 뒤로 돌아와 어깨를 짚었다
그제야 나는 자리에서 일어나
그와 함께 방을 나갔다
앞으로도 그는 인정하지 않을 것이다
우리의 귀가
젖은 솜으로 가득 차 있다는 것을

2

온종일 잠을 자며 조용히 건너뛰고 싶은 날이 있고
온종일 잠을 자느라 조용히 건너가 버린 날도 있다

그리고 일대일로 그 둘을 바꾸고 싶어 번민하는 날도
있다

오늘이 그날이라는 말을 들으면
그날의 입구를 찾느라 달력의 숫자마다 버릇처럼 머
리를 박으며
속으로 힘껏 소리를 짜낸다

메이데이
메이데이
메이데이

가늘고 긴 목을 가진 날이었다

3
비 또는 눈, 그리고 바람, 가끔 하늘

나란히 벤치에 앉아 우리는

주술사처럼
그들을 부른다
그림을 그리다가 도중에 지워 버리고
다시 그리고

우리는 수취인 불명의 그 일을 사랑하고
기다리며
수저를 천만번쯤 들었다 놨다 한다

4
툭 탁 툭 탁
누군가 시시각각으로 치수를 재어 가며
내게 딱 들어맞는 관을 짜는 중이다
내가 유일하게 물려받을 집이다

5
커튼을 좀 걷어 줘
그 커튼은 내게 어울리지 않아

내게 어울리는 커튼을 어딘가에 두고 온 기분이야

레미콘

트럭믹서가 막다른 마음에 들어선다
낮과 밤이 천천히 돌기 시작하고
고요함 속으로
콘크리트가 쏟아진다

콘크리트가 차오르는 동안
너는 서 있을 뿐이다

그렇게 너는 찾으려는 것이다

하루치의 사람에
산 채로 박혀 있는 나사를,
머리가 완전히 마모되어 뺄 수도 없는,
한생의 표정을

말이 되지 못한
침을 모으고 삼키고
다시 모으고

삼킨다

정처 없이 박혀 있는 너를 위해
막다른 마음에
트럭믹서가 집을 짓는다

돌연히

병 속에 눈이 내린다 죽은 시계와 함께 그가 거칠게 술을 마신다 눈보라 속으로 그가 비틀거리며 사라진다 취한 병의 표면에 물방울이 맺힌다 시간 밖으로 술이 흐른다 테이블이 천천히 젖는다 병이 흔들리고 테이블이 완전히 젖는다 산산이 조각난 그가 테이블을 덮는다 눈이 그를 덮는다 눈이 그를 어디론가 데려간다

*

고기를 썰고
야채를 다듬는다
그리고 영영 다듬지도 썰지도 못할 것을
검은 봉지에 담는다

제 그림자보다 작아질 때까지
검은 봉지가
천천히 움츠러든다

*

맑은 물에 비친 얼굴이 순식간에 밑바닥에 닿는다

*

제대로인 것이 하나도 없지만
빈틈없이 나는 하나로 뭉쳐져 있다

온몸을 꼼꼼히 만져 보는 것이 이번 생의 몫이다

비스킷을 굽다

줄에 매달린 거미가 움직이지 않는다
몸속에 지은 집에서 눈을 떼지 않고 있다

의자에 누워 고개를 젖히면
두 눈썹 사이에 걸어 놓은 방울이
암호처럼
길고
길게 흔들린다

안면 없는 사람들과의 공동생활
비스킷을 구우며
생활이 생활을 모방하고 있다

맑은 하늘과 흐린 하늘이 뒤엉켜 있는
일교차가 심한 날
입안에 가득한 창을 닦는다

거짓말이 몰려온다

거짓말이 자욱하다
바람이 귀를 힘껏 물고 지나간다

작은 남자와
작은 여자를 매달고 있는 줄을 바라보며
식은 차가 담긴 찻잔의 거미줄을 마신다

건조한 실내가
시들지 않는 꽃잎을 붉게 물들인다

두 눈썹 사이에 걸어 놓은 방울을 흔들며
비스킷이 구워지고 있다

생각의 도넛

행운목을 보며 우리는 왜
나무도 이름이 필요하다고 생각했을까
나는 나대로
너는 너대로 이름을 붙여 준 그때부터
우리는 서로 다른 나무에 대해 말하기 시작했던 것
같다

도넛을 먹으며 너는
도넛에겐 생각의 힘으로 열 수 없는 문이 있다고 했다
도넛이 닫혀 있을 땐 문이 되고
열려 있을 땐 구멍이 된다고 대답했다
눈을 감으며 너는
지금 도넛은 그저 딜커덕거리는 거냐고 물었다
생각의 힘으로 대답할 수 없었다

달 대신 지구 주위를 돌고 있는 거대한 도넛과
도넛이 뜰 때마다 짖는 검둥개와
자연사 박물관에 전시된 원시인이 들고 있는 도넛 하

나를 상상하며
　어둠을 주시했고
　너 역시
　너만의 어둠을 돌돌 감으며
　이불 밖으로 다리 하나만을 내놓은 채
　평소보다 많은 잠을 휘젓고 있었다

　중심을 잃고
　밤새 도넛에 시달린 우린
　해 뜨기 전
　무거운, 이 도넛의 세계를
　빠져나갈 수 있을까

　죽은 듯 잠을 자는 접시 위의 도넛처럼

빈집이라는 세계

강보원(문학평론가)

우리가 알고 있는 많은 여정은 그저 처음 있었던 곳으로 돌아가기 위한 것이다. 헨젤과 그레텔은 돌아갈 길을 잊어버릴까 봐 빵 부스러기를 떨어뜨려놓고 어린왕자는 자신의 장미에게 돌아가기 위해 뱀에게 자신을 물어달라고 부탁하며 도로시는 회오리바람에 휩쓸려 도착한 오즈라는 나라에서 집으로 돌아가는 방법을 찾기 위해 친구들과 함께 마법사를 찾아 나선다. 이때 돌아가야 할 집은 단순히 편안한 일상 혹은 안전한 장소이기만 한 것이 아니라 우리 자신의 본연의 모습과 관련되어 있으며, 또 문제는 종종 돌아갈 방법을 아는 데에 있기만 한 것이 아니라 돌아가야 한다는 사실 자체를 잊어버릴 위험과 관련되어 있다. 〈센과 치히로의 행방불명〉에서 새로운 집으로 이사를 가던 중 수상한 터널을 지나 가족들과 함께 다른 세계에 발을 들여버린 '치히로'는 자신의 이름을 빼앗기고 '센'이라는 새 이름으로 불리게 된다. 이 세계에서 원래의 이름을 잊게 되면 자신이 누구이고 어디로 돌아가야 하는지를 망각하게 되며, 다시 말해 자신이 무엇인가를 기억해야 한다는 사실조차 잊어버린 채 영원히 그곳에 갇히고 만다. 그곳에서의 삶도 어떤 방식으론가 지속되겠지만 그것은 원래의 자신에게 주어지고 그가 살아가야 했던 삶과 동떨어진 삶이며, 그런 의미에서 죽음과 다르지 않다.

최호빈의 첫 시집 『물의 숨겨진 맛』 또한 이러한 돌아감의 여정을 다루고 있다. 그는 자신이 놓여 있는 현실을 낯선 곳으로 받아들인다. 그런데 그가 돌아가고자 하는 '집'은 공간적으로 멀리 떨어져 있는 곳이 아니라 지금 이 시간이 아닌 과거에 속해 있는 장소처럼 보인다. 자신이 회복하고 가닿아야 하는 모습이 과거에 속해 있다는 생각은 그가 어떤 시점에서부턴가 원래 가야 할 길을 가지 못하고 그로부터 탈선했으며, 세계와 사물을 생기 있게 바라보는 역량을 상실했고, 또 과거가 생생한 의미로서 지금의 시간과 상호작용할 수 있도록 보살피고 그것에 호응하지 못했다는 인식으로부터 온다. 물론 많은 경우 향수는 달콤하지만 부질없는 환상에 지나지 않는다. 당시에 견디기 어려웠던 고통과 괴로움은 시간이 지나면서 흐릿해지며, 반대로 흘려보냈거나 스쳐 지나갔던 아름다움은 다시는 만나지 못할 것처럼 느껴지기 때문에 그것의 원래 모습보다 훨씬 더 좋아 보이기 마련이다. 하지만 최호빈의 돌아감이 이 무력한 향수와 구분되는 이유는 그가 과거라는 시간을 명백히 자신의 뒤가 아니라 앞에 놓아두기 때문이며, 그래서 그의 여정은 변해버린 무엇을 변하기 이전의 상태로 되돌려놓는 것이 아니라 오히려 변화의 역량을 회복하고 그 역량을 향해 앞으로 나아가는 것에 바쳐져 있기 때문이다. 그래서 앞에서 살펴본 것처럼 망각은 돌아갈 곳을 잊어버리게 한다는 점에서 이 여정의 가장 큰 위험이지만 최호빈에게 망각 그 자체는 변화가 아니라 변하지 않는 대상과 관련되어 있다.

> 그에 관한 일이야. 예전에 살던 마을을 가 봤어. 그와 살던 마을, 아무래도 불안해서, 소식이나 좀 들을 수 있을까 해서. 세상이 많이 변했다고 해도 변하지 않는, 변하지도 않고 그대로도 있지 않은, 그냥 무너지는 마을, 그 마을이 그랬어, 아무도 그를 모르더라고, 심지어 나도
>
> ─「주소」 부분

「주소」는 이 시집이 놓여 있는 자리를 간명하게 드러내주는 시이다. 오래전에 알고 있었으나 연락이 끊겼던 '그'로부터 갑자기 주소를 묻는 연락이 온다. 그런데 화자는 '그'에 대해 거의 아무것도 기억하지 못하고, 이후 연락이 없는 그의 소식을 알아보려고 예전에 그와 함께 살던 마을에 가보지만 마을 사람들 누구도 그를 기억하

지 못한다. 시를 구성하는 여섯 연의 첫 문장이 모두 "그에 관한 일이야"로 시작하는 이 시의 화자 역시 그에 대해 무엇을 말해야 할지 모른다. 화자는 자신이 말해야하고 또 기억해야 하는 무엇인가가 있다는 사실은 알고있지만 그것에 대해 무엇을 기억해야 하는지는 모른다. 자신이 돌아가고자 하는 세계가 자신을 부르고 있지만그것을 알아들을 방법이 없는 것이다. 단지 기억에 대한강박만이 남아 습관적으로 이 모든 것이 "그에 관한 일이"라고 중얼거릴 뿐이다. '그'는 자신을 포함한 모두가잊어버린 한 친구이지만, 그 친구란 바로 화자 자신이 남겨두고 잊어버린 지나간 시간 속의 자신이기도 하다. 이시는 자신이 죽었다는 사실을 통해서만 자신의 존재를간신히 떠올릴 수 있을 뿐인 주체의 회고다.

화자가 '그'의 소식을 찾기 위해 찾아가는 마을은 이망각과 죽음의 구체적인 양상을 보여준다. 말하자면 우리는 어떤 대상이 조금도 변하지 않았기 때문에 그것을기억하지 못한다. 이 마을은 더 이상 화자나 '그'와 연결되어 있지 않은 껍데기뿐인 장소인데 이는 그 마을이 알아볼 수 없을 정도로 많이 변해버렸기 때문이 아니라반대로 아무것도 변하지 않았기 때문이며 변화의 역량자체를 상실했기 때문이다. 이데올로기로서의 향수가'변치 않음'의 가치를 헛되이 좇는 것에 반해 최호빈에게 변치 않음이란 무너뜨리고 황폐화시키는 원인이자, 그가 발을 딛고 있는 지금 이곳의 현실 그 자체이기도 하다. 다시 말해 그를 괴롭게 만드는 것은 어떤 사물이 바로 그 사물이자 결코 그 이상이 아니라는 사실, 한 사물이 그것이 아닌 다른 어떤 것일 수 없다는 사실 자체이다. 하지만 그렇다면 무엇이 그를 돌아가지 못하도록 붙잡아두고 있는 것일까?

다른 세계에 떨어졌을 때 일반적으로 지켜야 한다고 여겨지는 금기로 그 세계의 음식을 먹어서는 안 된다는 것이 있다. 그리스신화에서 하데스는 페르세포네의 아름다움을 탐내어 그녀를 납치해 저승으로 끌고 가는데, 페르세포네는 자신의 어머니인 대지의 여신 데메테르의 도움으로 땅 위로 돌아간다. 하지만 페르세포네는 돌아가기 직전 하데스가 건넨 석류 몇 알을 먹는 실수를 저지르고, 저승의 음식을 먹은 이는 반드시 그곳에 머물러야 한다는 저승의 법도에 따라 다시 지하의 세계에 갇힐 수밖에 없게 된다. 데메테르에게 페르세포네를 돌려줄 것임을 약속한 제우스의 중재로 그녀는 영원히 저승에 묶이는 처지는 피할 수 있었지만, 대신 일 년의 절반은 이승에서, 나머지 절반은 저승에서 지내게 된다.

단지 석류 몇 알이 가져오는 결과가 이렇다. 어떤 세계의 음식을 먹는다는 것은 그 세계의 법칙과 작동 방식을 받아들이고 그 세계의 일부가 되었음을 뜻하기 때문이다. 최호빈은 매일매일 반복되는 현실과 일상에서 끊임없는 이질감을 느끼지만 동시에 순진하게 원래의 세계로 돌아가기를 바라고만 있기에는 그가 이미 현실의 음식을 너무 많이 먹었음을 알고 있다.「공기 커튼」의 화자는 "그림을 그리다 도중에 지워 버리고 / 다시 그리"는 무용한 일을 사랑하지만 그 일이 무용함을 간직한 채로 충만한 의미에 닿기를 기다리는 시간은 "수저를 천만번쯤 들었다 놨다"하는 시간으로 채워진다. "툭 탁 툭 탁 / 누군가 시시각각으로 치수를 재어 가며 / 내게 딱 들어맞는 관을 짜는 중이다"라는 다음 구절은 수저를 들었다 내려놓는 소리로 환유되는 이 시간이 불모와 죽음의 시간일 수밖에 없음을 암시한다.

　제목에서 드러나듯「이방인」의 화자 역시 "앞차가 움직이자 / 모든 차가 움직"이는 현실에 속하지 못한다고 느낀다. 이 일률적이고 반복적인 현실에서는 시간의 흐름조차 "도로에 쌓이는 차"나 "그치지 않는 눈"처럼 맹목적이고 무의미한 축적일 뿐이다. 그러나 화자는 그러한 현실에 문제의식을 느끼면서도 습관처럼 맥도날드를 향해 걸어간다. 맥도날드는 "저세상으로 가는 / 단 하나의 통로인 것처럼" 느껴지는 장소이자 "이 세상으로 돌아오는 / 많은 통로 중 하나"이다. 이 구절들에서 저세상과 이 세상은 현실이라는 하나의 세계에 속하는데, 두 세상 모두가 이미 죽음이라는 현실에 의해 관통되어 있기 때문이다. 이는 현실에 아무리 많은 맥도날드들이 존재하고 그중에 가보지 못한 곳이 있다 하더라도 그것이 진정한 의미에서의 새로움과는 아무런 관련이 없는 것과 같다. 화자를 그 동일한 현실로부터 조금이라도 벗어나게 해주는 것은 자신을 이방인이라고 느끼는 감각이지만, 페르세포네의 이야기처럼 그가 먹은 음식이 그의 몸을 붙잡으며 맥도날드는 그렇게 붙잡힌 그가 다시 현실로 끌려 들어오는 통로이다.

이렇듯 현실의 중력 때문에 최호빈이 도달하고자 하는 세계는 꿈이나 환상과 같은 형식을 빌려 나타난다. 하지만 최호빈에게 시란 그런 환상을 품고 있는 경우에조차 현실을 외면하고 그로부터 완전히 자유로워질 수 있다는 약속을 해주기보다는 자주 입에 석류를 머금은 것처럼 다시 현실로 돌아오는 것이다. 시는 꿈꿀 수 있는 역량이지만 동시에 그 꿈을 가능하게 하는 현실을 잊지 않는 정신이기도 하기 때문이다. 하지만 이 제약 속에서 시는 종종 더 생생하고 현실적인 환상을 보게 해준다. 「상상의 동물」에서 화자는 문득 "이름 없는 개의 이마에 뿔이" 난 것을 보는데, 화자가 이 "뿔이 달린 개"를 납득하는 것은 막연히 원래 사물이 무엇이든 될 수 있어서라고 생각해서가 아니라, 그것이 이 현실을 구성하는 한 원리의 다른 발현일 수 있다고 생각하기 때문이다. 즉 그는 "소, 염소, 사슴, 기린이 뿔을 가졌고, 어떤 고래도 뿔을 가지고 있"다는 것을 알고 있으며 "그러니 뿔을 가진 동물들 사이에 / 뿔을 가진 개가 있어도 이상할 것 같지 않"다고 생각한다. 최호빈의 환상은 현실의 외면이 아니라 그것의 논리를 딛고 그 담장 너머를 바라본 모습이며, 셔츠를 입다가 "뭐가 걸린 머리가 빠지지 않"는 것을 느끼는 방식으로 자신의 "이마에 뾰족한 무언가가 자라고 있"음을 감각하게 만든다.

1
그는 내가 만든 샐러드를 좋아합니다
마트에서 사 온 샐러드를
물에 한 번 씻었을 뿐입니다
물을 곁들였다고 할까요

손에 잡히지 않는 물이
손에 얕게 고여 있는 시간입니다
　　　　　　　　　　　　　　　─「물의 숨겨진 맛」 부분

표제작인 이 시에서 화자가 '그'에게 해주는 샐러드

는 무슨 특별한 비법을 통한 것도 아니고 마트라는 일률적이고 평균적인 유통체계를 거쳐 전해지는 음식이지만, 그럼에도 그것은 '그'에게 어딘가 각별한 음식으로 느껴진다. 사실 "그는 내가 만든 샐러드를 좋아합니다"라는 이 시의 첫 문장에 쓰인 "만든"이라는 단어는 어쩌면 마트에서 사 온 샐러드를 "물에 한 번 씻었을 뿐"이라고 말하는 화자가 아니라 특별할 것도 없는 샐러드를 유독 좋아하는 '그'의 것이라고 해야 할지 모른다. 그렇게 선물 받은 "만든"이라는 단어로부터 화자는 아무것도 변할 이유가 없는 사물이 변하는 순간을 포착하며, 대상에 어떤 변화도 일으키지 않을 것만 같은 물이 실제로 무엇인가를 바꾸어놓을 수 있음을, 그래서 물이 단순히 음식을 씻는 용도만이 아니라 "물을 곁들였다고" 해야 더 알맞을 숨겨진 맛을 지니고 있음을 알게 된다. 그리하여 불현듯 물의 세계라고 할 것이 그의 앞에 펼쳐진다. 이 세계에서 화자는 "물고기 몇 마리가 높게 날고 있는" 것을 보고, "길을 걷던 사람들이 고개를 들어 / 물을 마"시며 "나무로 된 / 입들"을 갖게 되는 것을 본다. 이곳은 화자가 그토록 돌아가고 싶어 했던 세계, 자신이 고향이라고 여기며 사물들이 그 자신이 아닌 다른 모습으로도 태연하고 자연스럽게 존재할 수 있는 세계이다.

그러나 이 세계가 항상 안전하고 친절하기만 한 것은

아니다. 평소와 다른 모습을 보여줄 수 있는 사물의 잠재력은 외부의 침입으로부터 자신을 닫아버릴 가능성까지도 포함하고 있으며, 그 닫혀 있음은 "높은 곳에서 뛰어내린 사람"을 받아들이지 않고 순간적으로 단단해지는 물처럼 견고해질 수 있다. 잠시 돌아간 세계에서 머물고 싶은 그의 바람과 달리 누군가 얼굴에 끼얹은 찬물은 그를 놀라서 깨어나게 만들며, "깨어나고 싶지 않던 이유를 모조리 잊어버"리게 만든다. 다른 세계를 열어주었던 그 똑같은 물이 화자를 다시 현실로 내팽개치는 것이다. 하지만 어쩌면 바로 이 위험이야말로 다른 세계와 이 현실을 이어주는 가장 가까운 길일지도 모른다. 왜냐하면 내가 순식간에 다시 이 현실로 떨어질 수 있다는 사실은 역설적으로 그 두 세계 사이에 존재하는 모종의 근접성을 암시하기 때문이다.

"창문을 기웃거리는 사람처럼 돌을 본다"는 문장으로부터 시작하는 시 「돌의 기억」은 바로 이 근접성의 감각을 다룬다. 밤의 창문들에서 새어나오는 불빛은 그 너머에 우리에게 닫혀 있으며 저마다의 비밀을 감추고 있는 어떤 세계가 있음을 속삭이며 우리를 매혹한다. 창문을 바라보듯 돌을 본다는 것은 돌이 감추고 있는 세계를 들여다보고 싶어한다는 뜻이며, 이 응시로부터 화자가 보게 되는 "돌 속에서 헤엄치고 있는 / 물고기"는 그 감춰진 세계의 편린일 것이다. 그곳에서 돌은 단지 돌이기만 한 것이 아니라 "땅을 딛고 있는 딱딱한 물"이 될 수 있으며, 물고기는 "돌 속에서 숨 쉬는" 존재가 될 수도, "돌의 주인"이 될 수도 있다. 물론 이때까지 보았듯 사물이 자신의 한계 속에 갇혀 있지 않은 이 무구한 세계는 언제든 닫혀버릴 수 있다. 그러나 이 근접성에 대한 자각 속에서 이 세계와의 접촉의 끝은 꼭 세계의 끝이 아닐 수 있게 된다.

물의 마법이 풀린다

이제 네게 보이는 것은
그저
돌의 그림자에서 헤엄치고 있는 물고기

생각이 어딘가에 잠긴다
어딘가에서 생각이 궁금해진다

그것은
돌을 집어 들었던 네 손에서 비린내가 나는 이유

—「돌의 기억」 부분

"물의 마법이 풀"리자 물고기가 돌 속을 헤엄치는 환상적 장면은 어느 계곡에서 물의 표면에 비친 돌 그림자 밑으로 헤엄치던 물고기를 바라본 풍경이었음이 드러난다. 하지만 이 시에서 잠깐 비쳐 보였다가 사라져버린 세계는 마법이 풀리고 나서도 어떤 흔적을 남긴다. 이 시가 그 흔적을 보존할 수 있는 이유는 화자가 그 세계를 명료하게 생각하는 것에 성공했기 때문이 아니다. 반대로 그는 자신의 생각을 손을 떠난 돌처럼 멀리 던져 보낸다. 던져진 생각은 그를 벗어나 물에 잠기고, 더 이상 그가 볼 수 없는 곳에서 스스로 자신이 닿아야 할 세계에 대해 궁금해한다. 화자를 떠나간 생각은 더 이상 그에게 선명한 장면과 체험을 제공해줄 수는 없지만, 그 영영 알 길이 없는 생각은 "돌을 집어들었던 네 손에서" 나는 "비린내"라는 감각을 통해 돌이 간직하고 있던 물고기의 흔적에 접근할 수 있도록 해준다.

그리하여 결국 문제는 내가 어딘가에 도달해야만 한다는 것이라기보다 오히려 내가 가닿지 못한 세계의 명백한 존재를 받아들이는 일이며, 또 그 세계가 항상 나와 함께 있었음을 받아들이는 일이다. 그렇다면 역설적이지만 망각에 저항하고 자신과 사물의 본모습에 다다르고자 했던 최호빈의 시적 전략이 실은 망각을 기억의 한 형식이자 모든 기억을 가능하게 하는 토대로서 받아들이는 데에 놓여 있다고 말할 수 있지 않을까?

마지막으로 액자를 떼고 둘러보면
그냥 빈집이다
목욕물을 받는 데도 한나절이 걸리고,
한겨울엔 보일러마저 두세 번은 꼭 얼었던,
칠 년을 버텼다고 해야 할 집이지만
이제는 삶의 흔적을 지워 가는,
그냥 빈집일 뿐인데

이 집이 이렇게 빛으로 가득한 집이었던가

[··]

어디로 눈을 돌려도
마구 소리를 질러대며,
집을 독차지하고 있는 빈집은
줄곧 나와 함께 살았는지 모른다

맥이 풀려
빈집의 품에 잠시 안기면
빈집보다 더 조용히

못만 박혀 있는,

모르는 집이 모습을 드러낸다

—「이사」 부분

이 시에서 화자는 이사 준비를 모두 마치고 "이제는 삶의 흔적을 지워 가는, 그냥 빈집일 뿐"인 집을 보고 있다. 그런데 그렇게 비워진 집은 이상하게도 망각의 결과라고도 부를 수도 있을 텅 빔 속에서 "그동안 있었던 일들을 하나씩 / 전부 털어놓"는다. 아무 맛도 나지 않는 물이 가장 필수적인 재료가 되었던 것처럼 이 빈집은 단순히 기억의 부재라는 말로 온전히 설명되지 않는다. 이는 이 빈집이 내가 그 존재를 잊었을 때조차 "목욕물을 받는 데도 한나절이 걸리고, / 한겨울엔 보일러마저 두세 번은 꼭 얼었던, 칠 년을 버텼다고 해야 할" 일상의 물리적 토대이기 때문이기도 하지만, "줄곧 나와 함께 살"며 그 기억을 공유하고 있는 존재이기 때문이기도 하다. 아마도 모든 흔적을 치워낸 집을 가득 채운 말 없는 빛은 이 빈집이 지닌 기억의 형식일 것이다. 물론 이 빛은 그 말 없음으로 인해 망각과 구분되지 않는다. 하지만 그럼에도 그것은 여전히 하나의 토대인데, 왜냐하면 내가 누구인지 잊어버릴 수 없다면 – 그래서 다시 기억해야 할 무엇이 망각이라는 형태로 우리에게 주어지지 않는다면, 거기에는 어떤 모험이나 세계도 없을 것이기 때문이다. 시는 기억하기의 기술이지만 그렇기에 그것은 망각의 가능성으로부터만 출현한다. 동시에 역사 속에서 쓰이지만 그 역사에 갇히기를 한사코 거부한다는 점에서 시는 그 자체로 끊임없는 자기-잊기의 행위이기도 하다. 최호빈은 그 망각을 통해 자신이 다다라야 할 기억에 다다르며, 이 시집은 그가 떠나며 남겨둔 빈집이다.

물의 숨겨진 맛

2025년 5월 16일 1판 1쇄 펴냄

지은이   최호빈
펴낸이   김성규
편집   조혜주 최주연
디자인   신혜연
펴낸곳   걷는사람
주소   경기도 용인시 기흥구 동백중앙로 358-6, 7층 (본사)
            서울 마포구 월드컵로16길 51 서교자이빌 304호 (지사)
전화   031 281 2602 / 02 323 2602
팩스   02 323 2603
등록   2016년 11월 18일 제25100-2016-000083호

ISBN 979-11-93412-92-3 04810
ISBN 979-11-89128-01-2 (세트)